The Adventures of
Marco Flamingo in the Jungle

Las aventuras de
Marco Flamenco en la jungla

Written and Illustrated by
Sheila Jarkins
Escrito e ilustrado por
Sheila Jarkins

To my children, Michele and Erik, with love.

©2011 Raven Tree Press

Jarkins, Sheila

The Adventures of Marco Flamingo in the Jungle / written and illustrated by Sheila Jarkins; translated by
Cambridge BrickHouse = Las aventuras de Marco Flamenco en la jungla / escrito e ilustrado por Sheila
Jarkins; traducción al español de Cambridge BrickHouse —1 ed. — McHenry, IL ; Raven Tree Press, 2011.

p. ; cm.

SUMMARY: The comical adventures of Marco continue as your
favorite flamingo visits his friends in the jungle.

Bilingual Edition
ISBN 978-1-936299-20-1 hardcover

English Edition
ISBN 978-1-936299-22-5 hardcover

Audience: pre-K to 3rd grade.
Title available in bilingual English-Spanish or English-only editions.

1. Humorous Stories—Juvenile fiction. 2. Animals/Birds— Juvenile fiction.
3. Bilingual books—English and Spanish. 4. [Spanish language materials-books.]
I. Illust. Jarkins, Sheila. II. Title. III. Las aventuras de Marco Flamenco en la jungla

Library of Congress Control Number: 2010936675

Printed in Taiwan
10 9 8 7 6 5 4 3 2 1
First Edition

Free activities for this book are available at www.raventreepress.com

Raven Tree Press
A Division of Delta Systems Co., Inc.
www.raventreepress.com

PRINTED WITH
SOY INK

It was Marco's birthday.
Before Marco blew out his candles, he made a wish.
I hope I will have ANOTHER adventure soon.

Era el cumpleaños de Marco.
Antes de que Marco apagara las velas, él pidió un deseo.
"Espero que pronto tenga OTRA aventura".

3

"Oh, my!" said Marco.
"So many presents to open."
Marco's flamingo friends, Shelly,
Coral and Webb, gave Marco books.
Crocodile and Pelican gave Marco
a journal with a set of glitter pens.

—¡Oh! —dijo Marco—.
Cuántos regalos para abrir.
Los amigos flamencos de Marco, Shelly,
Coral y Webb, le regalaron libros.
Cocodrilo y Pelícano le dieron un diario
con un juego de bolígrafos con brillo.

4

"Thank you all."
—Gracias a todos.

5

Marco received a shark-tooth necklace
from Whale and new fins from Dolphin.
My ocean adventure with them was so much fun,
Marco remembered.
Marco also received a scarf from Giraffe,
a jump rope from Monkey,
and a rainbow kite from Parrot.
My snow adventure with them was so much fun,
Marco remembered.

Marco recibió un collar de dientes de tiburón de parte
de Ballena y unas aletas nuevas de parte de Delfín.
"Mi aventura en el océano con ellos fue tan divertida",
recordó Marco.
Marco también recibió una bufanda nueva de parte de Jirafa,
una cuerda de saltar de parte de Mono y una
cometa con los colores de arco iris de parte de Loro.
"Mi aventura en la nieve con ellos fue tan divertida",
recordó Marco.

The biggest present was from Elephant.
"I can't believe it," said Marco.
"My wish came true. A jungle adventure!"

El regalo más grande fue de Elefante.
—No lo puedo creer —dijo Marco—. Mi deseo se hizo realidad.
¡Una aventura en la jungla!

Feb. 1
Dear Marco,
Come and visit me. Go southeast until you
reach the jungle. Listen for my trumpet.
Sincerely,
E. E. Elephant
P.S. Remember how much fun we
had last year in the snow?

1ro de febrero
Querido Marco:
Ven a visitarme. Ve hacia el sureste
hasta que llegues a la jungla.
Estate atento a mi sonido.
Atentamente,
E. E. Elefante
P. D. ¿Te acuerdas de cómo nos
divertimos el año pasado en la nieve?

"Look, Marco. Elephant sent you a safari hat."
—Mira, Marco. Elefante te envió
un sombrero de safari.

"And a camera."
—Y una cámara.

"And a compass."
—Y una brújula.

9

The next morning,
Marco set sail
across the ocean.

Al día siguiente,
Marco zarpó a
través del océano.

"When will I see land?"
thought Marco.

"¿Cuándo veré la tierra?",
pensó Marco.

"Abandon ship!"
—¡Abandonen el barco!

A storm suddenly rolled in.
Sheets of rain pounded Marco.
Gusts of wind flipped the boat.
Marco crossed his feathers and wished for land.

De repente, llegó una tormenta.
Chorros de lluvia golpearon a Marco.
Ráfagas de viento volcaron el barco.
Marco cruzó sus plumas y deseó llegar a tierra.

11

Soon the storm passed and Marco saw trees ahead.
"Land ho!" said Marco.

Pronto pasó la tormenta y Marco vio árboles delante.
—¡Tierra a la vista! —dijo Marco.

Marco flew over the lush land
and listened for Elephant's trumpet.

Marco voló sobre la tierra frondosa y
estuvo atento al sonido de Elefante.

"I hear Elephant!"
—¡Yo oigo a Elefante!

"TRUMPHHFF!"
—¡TRUMMMFFF!

"You're here!" cried Elephant. "Welcome."
"I brought you a gift," said Marco.
"It's a souvenir from our snow adventure."
"Thank you," said Elephant.

—¡Estás aquí! —gritó Elefante—. Bienvenido.
—Te traje un regalo —dijo Marco—.
Es un recuerdo de nuestra aventura en la nieve.
—Gracias —dijo Elefante—.

"Are you ready for a jungle adventure?"
"Sure!" said Marco.
"C'mon, let me show you around.
First we'll go to the watering hole."

¿Estás listo para una aventura en la jungla?
—¡Claro! —dijo Marco.
—Vamos, permíteme enseñarte el lugar.
Primero iremos al abrevadero.

"Wow, what a great place to cool off," said Marco.

—Vaya, qué buen lugar para refrescarse —dijo Marco.

Marco took a mud bath with the hippos…

Marco se bañó en el lodo con los hipopótamos…

and splashed and sprayed with the baby elephants.

y chapoteó y salpicó con los elefantitos.

Marco had lunch with the apes...

Marco almorzó con los simios...

and napped with a pride of lions.

y durmió la siesta con una manada de leones.

"Come," said Elephant.
"My friends have gathered for jungle fun and games."
Marco played ring toss with the giraffes…

—Ven —dijo Elefante—.
Mis amigos se han reunido para divertirse y jugar en la jungla.
Marco jugó a lanzar los aros con las jirafas…

roared with Lion...

rugió con León...

thumped with Gorilla...

se golpeó el pecho como Gorila...

25

laughed with Hyena…

se rió con Hiena…

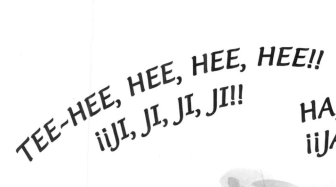

and looked for buried treasure with Ostrich.

y buscó tesoro enterrado con Avestruz.

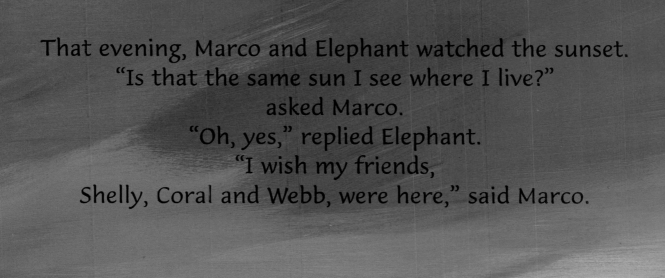

That evening, Marco and Elephant watched the sunset.
"Is that the same sun I see where I live?"
asked Marco.
"Oh, yes," replied Elephant.
"I wish my friends,
Shelly, Coral and Webb, were here," said Marco.

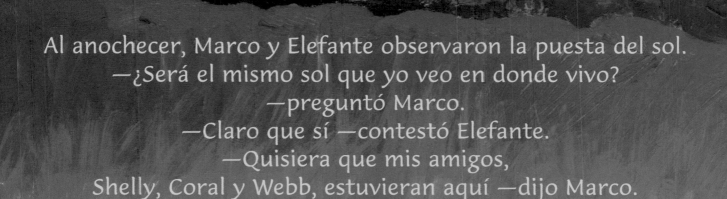

Al anochecer, Marco y Elefante observaron la puesta del sol.
—¿Será el mismo sol que yo veo en donde vivo?
—preguntó Marco.
—Claro que sí —contestó Elefante.
—Quisiera que mis amigos,
Shelly, Coral y Webb, estuvieran aquí —dijo Marco.

In the morning, another wish came true for Marco.

La mañana siguiente, otro deseo se hizo realidad para Marco.

30

Vocabulary

birthday

adventure

book(s)

ocean

jungle

hat

camera

compass

rain

mud

sunset

morning

Vocabulario

el cumpleaños

la aventura

el (los) libro(s)

el océano

la jungla

el sombrero

la cámara

la brújula

la lluvia

el lodo

la puesta del sol

la mañana